彩绘版
伊索寓言 2

［古希腊］伊索 ◎著　李明才 ◎编译

当代世界出版社

图书在版编目（CIP）数据

彩绘版伊索寓言.2/（古希腊）伊索著；李明才编译.-- 北京：当代世界出版社，2014.9
ISBN 978-7-5090-0933-8

Ⅰ.①彩… Ⅱ.①伊…②李… Ⅲ.①寓言—作品集—古希腊 Ⅳ.①I545.74

中国版本图书馆CIP数据核字（2013）第292745号

书　　名：	彩绘版伊索寓言2
出版发行：	当代世界出版社
地　　址：	北京市复兴路4号（100860）
网　　址：	http://www.worldpress.org.cn
编务电话：	（010）83907332
发行电话：	（010）83908409　（010）83908455　（010）83908377
	（010）83908423（邮购）　　　　（010）83908410（传真）
经　　销：	新华书店
印　　刷：	三河市汇鑫印务有限公司
开　　本：	787×1092mm　1/16
印　　张：	8
字　　数：	50千字
版　　次：	2014年9月第1版
印　　次：	2014年9月第1次印刷
书　　号：	ISBN 978-7-5090-0933-8
定　　价：	25.80元

如发现印装质量问题，请与印刷厂联系调换。
版权所有，翻印必究；未经许可，不得转载！

目 录

富人与哭丧女……………… 1	车夫和驴………………………… 31
宙斯和众神………………… 2	愚蠢的狗………………………… 32
樵夫和赫尔墨斯…………… 3	鹿和葡萄树……………………… 33
鹅与鹤……………………… 4	口渴的乌鸦……………………… 34
宙斯和蜜蜂………………… 5	骆驼和宙斯……………………… 35
猫和老鼠…………………… 6	朋友和熊………………………… 36
太阳的婚礼………………… 7	牛栏里的鹿……………………… 37
捕鸟人和蛇………………… 8	风和太阳………………………… 38
受伤的鹰…………………… 9	树和斧子………………………… 39
宙斯和阿波罗……………… 10	恋爱的狮子和农夫……………… 40
老鼠的会议………………… 11	金枪鱼和海豚…………………… 41
狐狸和刺猬………………… 12	狼和羊群………………………… 42
下金蛋的鹅………………… 13	大力士和车夫…………………… 43
狮子和海豚………………… 14	断尾巴的狐狸…………………… 44
号兵的故事………………… 15	自大的灯………………………… 45
夜莺的过去………………… 16	母狮子和狐狸…………………… 46
做客的狗…………………… 17	农夫和鹳………………………… 47
青蛙的国王………………… 18	鼹鼠的故事……………………… 48
松树和荆棘………………… 19	医生和老妇人…………………… 49
金狮子……………………… 20	狼和老妇人……………………… 50
搅浑水的渔夫……………… 21	主人和狗………………………… 51
看家狗和贼………………… 22	猴子和海豚……………………… 52
死神与老人………………… 23	羊和受伤的狼…………………… 53
医生和病人………………… 24	老妇人和羊……………………… 54
鸟、兽和蝙蝠……………… 25	人和狮子………………………… 55
猫和鸡……………………… 26	挂着铃铛的狗…………………… 56
母羊与狼…………………… 27	行人和树………………………… 57
骆驼和商人………………… 28	橡树和芦苇……………………… 58
狼和牧羊人………………… 29	小男孩和蝎子…………………… 59
行人与斧子………………… 30	寡妇和母鸡……………………… 60

徒劳的乌鸦……61	蛇的尾巴和脑袋……91
山震……62	百灵鸟和父亲……92
老猎狗……63	鹦鹉与猫……93
蚂蚁和屎壳郎……64	燕子和鸟……94
公鸡和宝玉……65	天鹅和家鹅……95
小鹿和他的父亲……66	猴子和骆驼……96
山鹰和狐狸……67	母猴和小猴……97
农夫和蛇……68	牧羊人和狗……98
吹箫的渔夫……69	狼和羊……99
人和森林之神……70	捕鸟人和斑鸠……100
苍蝇和蜜……71	牧羊人和羊……101
叼着肉的狗……72	狼与逃进庙里的小羊……102
公牛和车轴……73	庸医……103
狼和小羊……74	鹞子……104
田鼠和家鼠……75	龟兔赛跑……105
狗、公鸡和狐狸……76	神灵……106
狮子和报恩的老鼠……77	宙斯和猴子……107
牛和蛙……78	哲学家、蚂蚁和赫尔墨斯……108
众树和荆棘……79	赫尔墨斯神像与木匠……109
乌龟和鹰……80	孔雀和赫拉……110
骡子……81	神树……111
小孩与画……82	仇人……112
人和蝈蝈……83	宙斯和蛇……113
跳蚤与运动员……84	蛇和狐狸……114
骡子和强盗……85	蝮蛇、水蛇和青蛙……115
乌鸦和羊……86	鹞子和蛇……116
燕子与乌鸦……87	赫拉克勒斯和雅典娜……117
乌鸦和赫尔墨斯……88	宙斯的审判……118
黄蜂和蛇……89	宙斯和乌龟……119
寒鸦和乌鸦……90	宙斯和蛇……120

富人与哭丧女

有个富人有两个女儿,其中一个女儿死了,富人请来一些哭丧女。这些哭丧女个个捶胸顿足,号啕大哭。

另一个女儿对母亲说:"真奇怪,我们家有了丧事,这些非亲非故的人却这样悲伤欲绝……"

母亲说:"孩子,她们是为了钱才装出这样的,内心并不悲伤。"

这个故事告诉我们,有些人外表与内心并不一致,甚至有时会借着别人的不幸来谋利。

宙斯和众神

　　世界刚刚开始,宙斯、普罗米修斯、雅典娜是创造世界的神。
　　宙斯创造了牛,普罗米修斯创造了人,雅典娜创造了房屋,他们请摩墨斯来评判谁创造得好。摩墨斯很嫉妒他们,在评判时十分挑剔。
　　他和宙斯说牛应把眼睛装在角上面,这样牛角就不会撞在墙上了。他又对普罗米修斯说,人应该把心放在外面,这样就能区分出好人与坏人了。最后他对雅典娜说,屋子应该装着轮子,这样在与邻居吵架时就可以随时搬家了。
　　宙斯很生气,说:"这个世界上没有十全十美的事物啊!"然后他将摩墨斯赶到了奥林匹斯山。
　　这个故事告诉我们,因为审美的多元化,没有十全十美的事物,人也一样,所以,我们对于外物不能总是抱怨。

樵夫和赫尔墨斯

有一个樵夫,斧子掉进了河里。樵夫很焦急,因为没有斧子,他就不能砍柴养活自己了。他坐在河边哭了起来。

神通广大的赫尔墨斯刚好路过,樵夫将事情的经过告诉了他,赫尔墨斯答应帮樵夫打捞斧子。

赫尔墨斯打捞出一把金斧子,樵夫说不是他的;赫尔墨斯第二次打捞出一把银斧子,樵夫说不是自己的斧子;赫尔墨斯最后打捞出一把生锈的铁斧子,樵夫高兴地说:"这就是我的斧子。"

赫尔墨斯很欣赏樵夫的诚实,他将金斧子和银斧子一起送给了樵夫,樵夫回去后将这件事告诉了邻居。他的邻居是个贪婪的人,于是也来到了桥边,故意将自己的斧子扔进了河里,学着樵夫的样子在河边哭泣。

赫尔墨斯再次出现了,他同样去河里打捞斧子。当他捞出一把金斧子的时候,樵夫的邻居大声地喊:"这个就是我的斧子。"赫尔墨斯很生气,他知道樵夫的邻居在撒谎,便离开了。樵夫的邻居非但没有得到金斧子,连自己的斧子也丢掉了。

这个故事告诉我们,贪婪的人总会耍些小聪明,但是结局往往是自作自受;而诚实的人,总会得到他人的称赞与帮助。

鹅与鹤

鹅和鹤是好朋友。鹅羽毛很多，每当换毛的时候，他舍不得丢掉旧羽毛，所以很笨重，而鹤每次都丢掉了旧羽毛，所以很灵活。

鹅对鹤说："朋友，你丢掉了羽毛，不可惜吗？"

鹤说："有舍才有得，拿得起放不下，怎么能够飞得高呢？"

这天，他们一起觅食。捕鸟人来了，鹅太笨重，没有飞起来，被抓住了；而鹤灵活，飞走了。

这个故事告诉我们，一无所有并非坏事，而家财万贯的人也未必轻松。

宙斯和蜜蜂

蜜蜂不满意人类汲取自己的蜂蜜,他跑到宙斯那里,请求赐给他一件锋利的武器刺收集蜂蜜的人。

宙斯对蜜蜂的吝啬和恶毒的心肠不满,他给蜜蜂的尾巴上安了刺,可以伤到收集蜂蜜的人,代价是牺牲自己的生命。

从此,蜜蜂虽然有锋利的武器,但也不敢轻易地去伤害收集蜂蜜的人,只能奉献出自己的蜂蜜。

这个故事告诉我们,心地不善良的人会为自己的行为付出惨痛的代价。

猫和老鼠

　　有一农户家里有许多老鼠，于是主人便养了一只猫，猫很快就抓住了一些老鼠。

　　但是，其他的老鼠小心起来，躲在洞里不出来。猫想抓老鼠，想了一个办法。

　　这天，猫将自己挂在绳子上，假装被吊死了。他想，等老鼠出来的时候就去抓他们。然而，老鼠看见猫这个样子，在洞里对他说："即使你真的死了，我们也不敢靠近你啊，你又何必装样子呢？"

　　这个故事告诉我们，聪明的人总会吃一堑，长一智，不会再犯相同的错误。

太阳的婚礼

太阳举行婚礼了,很多动物去祝贺,他们都感谢太阳给他们带来了温暖。青蛙也蹦蹦跳跳地跟着大家去祝贺。

这时候,动物们发现了青蛙,对他说:"你怎么这么高兴呢?一个太阳就能将你晒干,现在他又结了婚,假如再生下一个太阳,你们不就全给晒死了?"

这个故事讽刺了那些缺乏思想,只会跟着众人瞎起哄的人。

捕鸟人和蛇

捕鸟人发现树上的鸟窝里有一只鸟,就想抓住它。

在树下,有一条蛇正在草丛里面午睡。

捕鸟人走到树下,一脚踩在了蛇的身上。蛇吃痛,回头就咬了捕鸟人一口。捕鸟人中了蛇毒,倒在了地上,鸟也被惊走了。

捕鸟人临死的时候很懊悔,他说:"我真倒霉啊,光顾着去捉别人了,结果自己反遭其害。"

这个故事告诉我们,想着算计别人的人,往往自己会先遭殃。

受伤的鹰

　　天空晴朗,万里无云,一只鹰在自由地飞翔,但是这种天气也最适合猎人打猎。鹰不幸被一支箭射中了,跌落在了地上。

　　临死的时候,鹰看清楚了那支箭,箭的尾部是用鹰的羽毛做成的。鹰悲痛地说:"再没有比这更令人痛心的死法了,我居然被自己的羽毛害死了。"

　　这个故事告诉我们,因自身的原因而受到伤害,这种痛更令人无法忍受。

宙斯和阿波罗

阿波罗是个射箭高手,他的箭法举世无双,因此他很得意。

宙斯虽然是神,但是不会射箭。一天,阿波罗遇到了宙斯,就在他面前吹嘘自己箭法好,宙斯没有理会他。阿波罗很生气,他要和宙斯比一比谁射得更远。

宙斯答应了阿波罗的要求。比赛的时候,阿波罗深深吸了一口气,然后使劲射出一支箭,那支箭落在对面的山头上。阿波罗很得意:"看,我射得多么远!"

宙斯没有答话,只是轻轻迈了一步。等阿波罗仔细看时,才发现宙斯已经在对面的山头上了。

这个故事告诉我们,强中自有强中手,一山还比一山高。千万不要班门弄斧,自取其辱。

老鼠的会议

老鼠们开会,商讨如何对付猫。

会上,大家各抒己见,但没有一个得到众鼠的认可。最后,一个小老鼠提出了很好的建议。

他说:"在猫的脖子上系上一个铃铛。这样,不管猫走到哪里,我们只要一听到声响就能逃命了。"

大家都鼓掌说是个好主意。但是,一只年迈的老鼠却没有鼓掌,等到大家平静下来后,他说:"小老鼠的提议是个好主意,问题是谁去挂这个铃铛。"

老鼠们一起沉默了。

这个故事告诉我们,想出一个好主意并不难。但是,想出一个现实、可行的主意却不那么容易了。

狐狸和刺猬

狐狸过河时被水冲到了一个峡谷，他跌得遍体鳞伤，躺在地上痛苦地呻吟着。一群饥饿的苍蝇嗅到了血液的味道，都飞到狐狸身上吸食。

一个刺猬路过看到了，他很同情狐狸的遭遇，便说："我帮你把苍蝇赶跑吧，这样你好受些。"

狐狸说："不用啦，你不需要赶跑他们。"

刺猬很奇怪，便问狐狸为什么，狐狸说："我动不了了，这群苍蝇吃饱后，就会飞走的。但是你现在赶跑他们，会来更饥饿的一群，我将受更大的罪。"

这就是说，与其忍受更多次的痛苦，不如将一次的痛苦忍受到底。

下金蛋的鹅

有一个人养了一只鹅。一天,这只鹅下了一枚金蛋,他很高兴,就天天企盼这只鹅下蛋。

鹅很神奇,每天会下一个金蛋,这个人每天都可以收获一枚金蛋。渐渐地,他想:这只鹅的肚子里面是不是有个金库,要是一下子将金子全拿出来该多好啊!

于是,他把鹅杀死了。当他破开鹅的肚子,却发现里面什么也没有。他非但没有找到金库,反而连每天一枚金蛋也没有了。

这个故事告诉我们,人们的欲望应该适可而止,不能太贪婪。竭泽而渔,反而会一无所获。

狮子和海豚

狮子看见了一只海豚,便想和他交朋友。狮子说:"我们一个是陆地上的王者,一个是海洋里的王者,如果我们做了朋友,那该多好啊!"

海豚答应了狮子。不久,狮子和公牛要展开一场殊死搏斗,狮子想请海豚帮助他,海豚拒绝了。狮子很生气,海豚说:"我是海洋里面的动物,不能生活在陆地上。"

狮子从此不再和海豚做朋友了。

这个故事告诉我们,结交盟友时,一定要挑选有共同爱好和利益的伙伴。

号兵的故事

一个号兵被敌人抓住了,号兵大喊:"饶命!"

敌人问他为什么饶他性命,他说:"我只是个号兵,只有一把铜号,没有武器。"

敌人说:"正因为这样,你更应该死,你虽没有直接参与厮杀,却号召别人来战斗。"

这个故事讽刺了那些胆小怕事,却怂恿他人作恶的人。

夜莺的过去

夜莺曾经像燕子一样，住在人们的屋檐下。但是燕子很安静，夜莺却经常炫耀自己的歌声。人们嫌夜莺的叫声太吵，将他赶跑了。

过了很多年，当燕子再次遇见夜莺时，邀请他居住在屋檐下。夜莺拒绝了，他说："我不想再回忆以前的痛苦了，因此我甘愿住在田野里。"

这个故事说明，当人们受过痛苦之后，就会有意识地回避发生过痛苦的地方。

做客的狗

一天,主人大摆筵席,宴请朋友。主人的狗看见了,想趁着这个机会宴请自己的伙伴。

狗来到同伴家里,邀请同伴去他主人家里做客,同伴很高兴,他想:"哈哈,这下有一顿好吃的了。饱吃一顿,明天就不会饿肚子了。"

那只狗暗自高兴地跟随他的朋友来到了朋友主人的家里。他想学他的朋友那样摇着尾巴乞求食物,却被大厨拎着尾巴扔了出来,被摔得一瘸一拐的,只好向家里走去。

路上,别的狗问他:"听说你去赴宴了,这么早就回来了?"

这只狗说:"我喝醉了酒,走路还一扭一扭的呢。"

这个故事告诉我们,那些慷他人之慨的行为是不能够相信的。

青蛙的国王

青蛙们没有国王,很不开心,他们去找宙斯,希望得到一个国王。宙斯拿了一块木头扔进水里。

木块将水花溅得很高,青蛙们很惊慌,就一起跳进了水里。等到水面平静后,他们才看清是一块木头。青蛙们站在木头上面呱呱地叫,很快就忘记了害怕。

青蛙们不再满足这个木头国王,又去见宙斯,希望能给他们换一个国王。宙斯很生气,将一条水蛇扔进了水里。青蛙们愚蠢地站在水蛇的上面,结果全被水蛇吃掉了。

这个故事说明,要相信自己的力量,否则只能受制于人,遭受灾难。

松树和荆棘

松树和荆棘生活在一起。松树很得意，嘲笑荆棘。

松树说："我枝干粗壮，叶子茂盛，而且质地优良，能做很多东西，比如船啦，家具啦……你能做什么呢？"

荆棘风趣地说："如果有人拿着一把斧头站在我们面前，你觉得他会选择砍谁呢？"

松树一听便害怕了，再也得意不起来了。

这个故事是说，平凡的生活比随时有灾难的日子要好很多。

金狮子

　　一个行人在树林中赶路,他看到了一只狮子。这只狮子的身上长满了金子做的毛,每一根都是价值连城的。

　　这个人很胆小,平时见到狮子,没命地逃跑,但是今天遇到的是金狮子,他舍不得离开。

　　他非常为难,既想得到金狮子,又不敢走向前去。

　　后来,狮子发现了他,就把他吃掉了。

　　这个故事讽刺了那些既想得到钱财,又担心灾难的人,犹犹豫豫,反而深受其害。

搅浑水的渔夫

有一个渔夫捕鱼的方法很特别。他将石头装进一个网里,丢进水里,使劲地搅动河水,吓得鱼群四处逃窜,他再撒网捞鱼,鱼儿便窜进了网中。

其他渔夫看见了很生气,说他这样捕鱼,大家都没办法捕鱼了。渔夫却说:"不弄浑河水,我就要饿死。"

这个故事讽刺了一些人,他们为了自己的利益,不惜把事情搞乱,破坏别人的利益。

看家狗和贼

一个贼想偷一户人家的东西，但是这户人家养着一条狗，贼担心被狗发现，所以迟迟没有下手。

这天晚上，所有人都睡着了，贼摸到了那户人家的墙外。他向墙里扔了几块肉，想着狗去吃肉了，就不会咬自己。

但他没想到狗还是咬住了自己，狗说："你想堵住我的嘴！无缘无故地给我送肉，一定是没安什么好心。"

这个故事告诉我们，一定要尽忠职守，不要为了眼前的利益而忽视自己的职责。

死神与老人

　　死神掌管着世人的生死。一天,他见一位老人砍了很多柴,艰难地走在路上,死神觉得老人不如死了痛快。
　　死神来到他身边,对他说:"你这样辛苦,不如将生命交给我。"
　　老人依然将柴扛在肩上说:"我还是希望能够活着。虽然活着要承受痛苦,但是活着就有希望。"
　　这个故事说明,即使生活不幸,人们依然爱惜生命。

医生和病人

医生给病人治病,但是这个病人还是死了。在葬礼上,医生对他的家人说:"如果病人生前能戒掉烟酒,也不至于丧命。"

死者的家属说:"现在说这些还有什么用呢?在他生前的时候没有劝他,现在他死了,一切都没有意义了。"

这个故事告诉我们,当人们处在困难中时,应该及时帮助他们,而不是在事后去说一些毫无意义的空话。

鸟、兽和蝙蝠

蝙蝠以前生活在光亮中，但是为什么后来却居住在黑暗中了呢？传说是这样的。

那时候，鸟与兽发生战争，由于蝙蝠看起来既像鸟，又像兽，就依附实力强的一方。后来，鸟和兽和好了，他们想起蝙蝠的奸诈，就把他赶到日光之外。从那以后，每当夜幕降临的时候，所有动物都休息了，他们才出来活动。

这个故事告诉我们，那些两面三刀的人，是没有好下场的。

猫和鸡

猫想偷吃鸡蛋很久了,但是他又斗不过鸡,因此一直没有下手。这天他听说鸡生病了,就想出了一条计策。他伪装成一个医生,来到鸡窝前,询问鸡哪里不舒服。

鸡识破了猫的伪装,知道这家伙平日里就没安好心,肯定有什么阴谋。鸡说:"只要你离开这里,我的病就全好了。"

这个故事告诉我们,坏人的假意讨好,我们要提防,因为他们没安好心。

母羊与狼

母羊站在峭壁上吃草,狼想把母羊骗下来吃掉。

狼说:"我有好多的青草,肯定比你现在吃的那些美味,你站在峭壁上还那么危险,不如下来和我一起吃吧。"

母羊看着狼说:"你想骗我到你身边,然后吃掉我。"

狼只得悻悻而去。

这个故事告诉我们,即使骗子的骗术变化多端,但是在聪明人面前,他们仍然枉费心机。

骆驼和商人

　　一个商人买了一头骆驼来运货。他将货物放在骆驼身上,牵着骆驼赶路。到了休息的时候,商人问骆驼:"你喜欢上山还是喜欢下山?"

　　骆驼没趣地说:"你问我这个问题有什么意义呢?沙漠缺水难走。我们最后还不是走沙漠了吗?"

　　这个故事告诉我们,不了解事物的本性就不能好好地运用它。

狼和牧羊人

　　狼跟着一群羊，却没有进攻羊群。
　　牧羊人警惕狼，担心他会叼走羊，但是，狼始终没有做过这样的事情。有几次牧羊人打盹了，醒来之后羊一只也没有少，便渐渐地对狼放松了警惕。
　　久而久之，牧羊人觉得狼不再是狼了，而是一只忠实的牧羊犬。这天，牧羊人要出远门，将看守羊群的差事交给了狼，狼趁着这个机会，咬死了很多羊。牧羊人回来之后，看到羊死了很多，非常地后悔，并说道："我真是傻啊，干吗要将羊群托付给狼呢？"
　　这个故事告诉我们，不能因敌人的伪装而放松了警惕，更不能轻易相信一个坏人。

行人与斧子

两个行人走在路上,行人甲看见有人遗失了一把斧子,便捡起来。同伴乙说:"我们捡到了一把斧子。"甲说:"不能这样说,是我捡到了一把斧子,不是我们。"

他们继续前进,斧子的主人来找丢失的斧子,看见他们拿着斧子,便要走了。甲说:"哎,真倒霉,我们失去了一把斧子。"乙说:"不能说我们失去了一把斧子,而是你失去了一把斧子。你捡到它的时候,并没有将它作为我们共有的财产。"

这个故事告诉我们,不愿和别人共富贵的人,别人也不愿意与他共患难。

车夫和驴

车夫赶着驴走在山路上,车夫敲打着驴,让驴使劲拉车。

他们翻过了山,开始走下坡路。这时候,车夫让驴走慢些,但是驴很生气,拼命地往前拉。

车夫说:"好吧,既然你坚持这样,算你赢了。"

然后车夫下了车,任凭驴拉着车走在前面。驴没了车夫的管制,飞快地向前跑去,结果掉到了山谷里摔死了。

这个故事告诉大家,争强好胜是没有好下场的。

愚蠢的狗

一只狗看见河里漂浮着一张兽皮,就想要得到它。但是兽皮漂浮在河水的中央,狗够不到它。于是狗就想了一个办法。

他叫来同伴,告诉他们只要大家都跑过来喝水,等到河水喝完了,就可以将兽皮拿到手了。

然而,河流延绵数千里,他们哪里喝得完。他们喝到自己的肚子都撑破了,河水一点也没有减少。

这个故事告诉我们,做事情一定要量力而行,不要拼命追求那些渺茫的利益,否则想要得到的没有得到,反而付出惨重的代价。

鹿和葡萄树

猎人追赶着一只鹿,鹿匆忙地跑到了一棵葡萄树下,用茂盛的枝叶将自己遮掩了起来。

猎人没有发现鹿,便离开了。鹿发现葡萄树的叶子很美味,就大口大口地品尝起来。

猎人没有走远,听见了葡萄树下沙沙的响声,猜到鹿躲在下面,便将鹿射死了。

鹿死的时候懊悔地说:"我伤害了恩人,遭到了报应。"

这个故事告诉我们,恩将仇报的人是没有好下场的。

口渴的乌鸦

　　一只乌鸦口渴了,来到一个水罐子前,他想喝水,却遇到了一个难题。罐子里的水并不多,他伸着嘴喝不到,但乌鸦很聪明,站在罐子旁边想办法。
　　最后,他用嘴叼着石块填在了罐子底部,石块越来越多,水也逐渐上升,最后他喝到了水。
　　这个故事告诉我们,智慧的力量是胜过力气的。

骆驼和宙斯

骆驼觉得宙斯不公平,因为牛长着美丽的角,自己却没有。骆驼来到宙斯跟前,请求宙斯赐予他和牛一样的角。

因为骆驼不满足庞大的身躯和力气,还妄想得到更多东西。宙斯一气之下将骆驼的耳朵砍掉了一截。这就是骆驼耳朵小的原因。

这个故事告诉我们,不要贪得无厌,要知足,否则将失去已有的东西。

朋友和熊

两个好朋友在森林中行走,这时,从一旁蹿出一头熊。

其中一人"嗖"的一声蹿到了树上,另外一个来不及跑,只好躺在地上装死。据说,熊是不吃死人的。

熊在那人身上闻了闻,转身走了。树上的那人下来,问他的同伴:"刚才熊在你的耳边说了什么?"

他的同伴委婉地说:"不要跟不能共患难的人一起同行。"

这个故事告诉我们,朋友不仅要一起分享快乐,还要能够在一起承担苦难。

牛栏里的鹿

鹿被猎狗追赶，他一头扎进了一户农家的牛栏里面。

牛跟他说："你躲在这里不是自投罗网吗？"

鹿说："先躲着吧，有机会我就逃走了。"

傍晚，养牛人来喂牛，没有看到鹿躲在牛栏里面。

不一会儿，管家从牛栏前经过，也没有发现鹿。鹿庆幸自己选对了地方藏身，以为安全了。

但是，不久后，庄园的主人经过，看见牛的草料配得不好，牛栏里面也没打扫干净，他在牛栏里走来走去检查每样东西时，发现了鹿。主人便喊人来，把鹿杀掉了。

这个故事告诉我们，做事情一定要时刻警惕，在逃避一种危险时，不要忽视另一种危险。

风和太阳

　　风和太阳为谁的能量更大而争吵，于是他们比赛，看谁能将行人的衣服脱下来。

　　风向行人刮去，行人害怕衣服被风吹跑，反而裹得更紧。风使劲地吹，行人觉得天气寒冷，衣服穿得更厚了。风只好放弃了。

　　轮到太阳了，他将温度升高，人们太热了，纷纷脱掉衣服，于是太阳获得了胜利。

　　这个故事告诉我们，与人打交道，方法很重要，有时劝说比压迫更有效。

树和斧子

　　一个人来到森林里,他请求大树给他一根木头,做一把斧子的柄。大树给了他一根树枝。

　　这个人做好柄后,把斧子镶在上面,开始砍树,很快就将森林里很多树砍掉了。

　　大树很悲伤:"我葬送了自己的森林啊!"

　　这个故事告诉我们,给敌人一丁点儿的帮助,就有可能给自己惹来大麻烦。

恋爱的狮子和农夫

　　狮子喜欢农夫的女儿。农夫不愿意把女儿嫁给野兽，但又惧怕狮子，无法拒绝，于是心生一计。

　　当狮子再来时，农夫告诉狮子，如果他愿意拔掉牙齿，砍掉锋利的爪子，就将女儿嫁给他。

　　狮子答应了农夫。当他做完这一切再到农夫家时，农夫已经不怕他了，还将他捆了起来。

　　这个故事告诉我们，不要轻信别人的话而放弃自己的武器，否则很容易被他人击败。

金枪鱼和海豚

　　金枪鱼被海豚追逐，他拼命地游啊游，但是距离却还是一点点被拉近。

　　金枪鱼猛地向前一跳，搁浅在沙滩上了。海豚没有注意沙滩，用力一跳，也搁浅在了沙滩上。

　　金枪鱼回头看见海豚，奄奄一息的他并不悲痛。他说："哈，虽然我就要死了，但是追我的那家伙也要死了。"

　　这个故事是说，人们看见给他人带来不幸的人，自己也遭受不幸，便获得了内心的平衡，更容易忍受不幸带来的痛苦。

狼和羊群

狼想吃羊,但是羊群被狗保护着,狼打不过狗,就想了个主意。

这天,狼让自己的使者同羊群谈话。使者告诉羊群,狗干涉着羊群自由。羊群相信了这些话,就将狗赶跑了。

没有了狗保护,狼将羊全部吃掉了。

这个故事是说,要认清自己的盟友和敌人,要相信自己的盟友,不能中了敌人的奸计。

大力士和车夫

车夫赶着马车行走在乡间，马车陷进了泥坑里。

车夫停在那里大声地喊着救命，一个大力士路过，车夫乞求大力士帮忙。

大力士说："你用肩膀扛着马车，抽打马拉着车便能走出泥坑。你自己完全可以办到的事，何必站在这里乞求别人呢？"

这个故事告诉我们，遇到困境要首先自己想办法解决，自力更生是解决困难最好的办法。

断尾巴的狐狸

有一只狐狸的尾巴被陷阱弄断了,他觉得没面子,于是他想了个办法。

他将所有的狐狸召集到一起,劝说大家将尾巴全部剪掉。

这只狐狸列举了很多尾巴不好的地方,如尾巴不雅观,还很笨重等。他的一个同伴站起来说:"如果没有尾巴有这么多的好处,你就不会跟我们说了。"

其他狐狸都赞同地点头,大家不再理会那只狐狸。最终那只狐狸的奸计没有得逞。

这个故事讽刺了那些不安好心,为了自己的利益而劝告他人的人。

自大的灯

晚上,灯光照亮了一片黑暗。灯很神气,称赞自己:"我多么明亮啊,几乎比得上白天的太阳了。"

正在他神气的时候,一阵风吹来,把灯吹灭了。周围又陷入了一片黑暗。在黑暗中,天空的星星却依然亮着。

主人走了过来,对他说:"你的光亮是弱小的,而且很短暂,你看天上的星星,他的光亮是永恒的,却没有像你一样喋喋不休地称赞自己。"

这个故事告诉我们,不要因为自己有了一丁点儿成就便沾沾自喜,比自己更成功的人多得是。

母狮子和狐狸

狐狸看到母狮子,笑她无能。
狐狸说:"我每年会产很多崽儿,而你却只产一只。"
母狮子没有生气,说:"是啊,但是我产的是一只狮子啊。"
狐狸无话可说了。
这个故事启发我们,贵重的东西的价值在于质,而不是量。

农夫和鹳

鹳和鹤是朋友，鹤邀请鹳一起去玩。

农夫在院子里晒粮食，鹤来偷吃，农夫很生气，撒了一张网，将他们全部捉住了。

鹳对农夫说："我是鹳，不是鹤，不偷粮食。我既优雅又美丽。"

农夫说："你跟鹤在一起，谁能保证你没有偷吃粮食。"

直到最后，农夫也没有放掉鹳。

这个故事告诉我们，与坏人做朋友，迟早会受到牵连，所以，择友要慎重。

鼹鼠的故事

　　鼹鼠的眼睛是看不见东西的,但是一只小鼹鼠却对他妈妈撒谎,说他能看见东西。

　　鼹鼠妈妈拿来一块香喷喷的食物,放在了小鼹鼠跟前,妈妈问他:"这是什么?"

　　小鼹鼠说:"一块小石头。"

　　鼹鼠妈妈感叹道:"孩子,你不但眼睛看不见,鼻子也不好使啊,这明明是一块面包。"

　　这个故事告诉我们,说大话、夸海口等行为终将原形毕露。

医生和老妇人

一位老妇人看不见东西了,她找了一个医生为她治疗。医生是个贪婪的人,他将老妇人家里的东西悄悄地拿走了。

他每天拿一点儿,等老妇人眼睛好的时候,家里的很多东西都被医生拿走了。

医生找老妇人要报酬,因为他治好了老妇人的病。老妇人却以丢失了很多东西为由,不给医生报酬。

医生将老妇人告到了法官那里,老妇人刚好想告医生偷窃,她说:"法官大人,医生并没有治好我的眼病,因为我分明看不见家里的很多东西啊。"

医生为难了,他要坚持说他治好了老妇人的话,那就承认了自己偷窃;他要说没治好的话,老妇人也不需要给他报酬了。

这个故事告诉我们,贪婪的人,总会不知不觉地留下自己的罪证。

狼和老妇人

狼四处寻找食物,他来到了一间农舍外,听到人类的对话。

一个老妇人在哄小孩睡觉,她说:"听话,要不然就将你丢出去喂狼。"

狼听了就躲在屋外等着。

过了很久,屋里又传来对话。

老妇人又在哄小孩:"好宝宝,要是狼来了,我就杀了他。"

狼听了,很生气,就说:"这老太婆满嘴假话。"

这个故事告诉我们,不能相信那些表里不一的人。

主人和狗

主人收拾东西准备出发,狗在门口等他。

主人碰碰那个,动动这个,迟迟不动身。

狗等了很久,趴在地上睡着了。

主人终于收拾好了,看到狗在睡觉,很生气。他说:"你怎么在这里睡觉?"

狗打着哈欠说:"主人,我早准备好了,我等你等得睡着了。"

这个故事讽刺了那些不检讨自己,却将错误归咎于别人的人。

猴子和海豚

船出海了,有人带了一只猴子在船上解闷。

当船到达一处海峡时,刮来了飓风,船翻了。猴子掉进了海里,他不会游泳,拼死挣扎着。

这时候,游过来一只海豚,海豚以为猴子是人类,将猴子驮了起来,游向岸边。

途中,海豚问猴子知不知道雅典,猴子撒谎说自己是雅典人。海豚又问他是否听说过雅典一个著名的地方,猴子便说和那人是好朋友。

海豚知道了猴子在撒谎,很生气。快到岸边时,他把猴子丢到了海里。

这个故事告诉我们,那些满嘴谎话的人,终究会失去别人的信任,失去别人的帮助。

羊和受伤的狼

狼被狗咬伤了,躺在地上奄奄一息。这时候,一只羊路过,他想将羊吃掉,于是就想了个办法。

他哀求羊:"到河边帮我取些水回来好吗?这样我就可以活命了。"

羊却说:"难道我不知道你的诡计么?我拿水给你,你会吃了我,你是想骗我过去罢了。"

这个故事告诉我们,虚伪的谎言,容易让人看穿。

老妇人和羊

有一个老妇人养了一只羊。到了剪羊毛的季节了,为了省钱,老妇人决定自己剪羊毛。

老妇人给羊剪毛,很多次剪刀都伤到了羊,将羊的毛和肉一块儿剪下来。

羊痛苦极了,挣扎着对老妇人喊道:"你把我送给屠夫杀掉吧,不要让我遭受这样的痛苦了。"

最后羊疼死了,老妇人因舍不得花剪羊毛钱,而失去了一头羊。

这个故事告诉我们,我们不能因小失大,适当的花费可以避免更多的损失。

人和狮子

　　一个人与狮子同行,他们看到岩石上有一幅雕刻的壁画儿,画上是几个人征服了一头狮子。

　　那个人看见了壁画,对狮子说道:"这证明了人比狮子厉害。"

　　狮子却说:"可惜狮子不会画画儿,不然你就能看见狮子吃人的壁画儿了。"

　　那个人沉默了。

　　这个故事说明了历史是由胜利者书写的,但是,没有写出来的事情不一定没有发生。

挂着铃铛的狗

一只狗经常咬人，于是主人在狗的脖子上系上铃铛，这样铃铛一响，就知道狗来了。

狗很得意，走路的时候，铃铛发出清脆的响声。这天狗走在集市上，遇见了一只母狗，便向她炫耀自己的铃铛。

母狗说："挂铃铛是为了提醒人们你会作恶。"

狗听了之后，惭愧地低下了头。

这个故事告诉我们，那些狂妄自大的人，会将别人的批评看作是对自己的欣赏。

行人和树

　　天气十分炎热,一个人赶路走累了,就躲在树下歇息,树叶为他挡住了烈日。

　　当他看清这是一棵梧桐树时,却说:"这棵树不会结果子,没有什么用处。"

　　梧桐树生气地说:"你现在正享受我的恩惠,不知感恩也就罢了,还批评我不结果子。"

　　这个故事讽刺了那些受了别人的恩惠,却还贬低别人的人。

橡树和芦苇

橡树和芦苇生长在一起,橡树长在岸上,芦苇长在池塘里。这天,橡树嘲笑芦苇没有力量,风一吹就要倒。

芦苇没说什么,不一会儿,刮来一阵狂风。芦苇弯下了腰,而橡树努力地迎风挺立,结果被吹倒在地。

橡树看着芦苇,说:"你力量小,在狂风中活了下来;而我力量大,反而失去了生命。"

这个故事告诉我们,有时候我们不需要与强大的对手去正面抗争,或许换一种方式就能够求得生存。

小男孩和蝎子

有个小男孩在一堵墙前捉蚱蜢,很快就捉了许多。这时他看见了一只蝎子趴在那儿不动,以为蝎子像蚱蜢一样好捉,便伸手去捉。

蝎子举起尾巴上的毒刺说:"你敢碰我的话,会连你捉的蚱蜢一起丢掉。"

这个故事告诉我们,人和事物都是有区别的,要善于分辨好人和坏人,并且区别对待。

寡妇和母鸡

　　寡妇养着一只母鸡,母鸡每天下一个蛋。刚开始寡妇很满意,日子久了,寡妇想:我多喂它一些食物,也许它每天会下两个蛋。

　　她天天喂母鸡许多食物并守候在母鸡身边,看它下蛋。结果母鸡越长越肥,却一个蛋也不下了。

　　这个故事告诉我们,有时候,贪婪会让结果变得更坏,让人失去更多。

徒劳的乌鸦

众神之王宙斯想为鸟类立一个王。他指定一个日期，让众鸟参加，想选他们中间最美丽的为王。

鸟儿知道后，都纷纷跑到河边梳洗打扮。乌鸦将众鸟梳洗时掉下来的羽毛黏在了自己身上。

选美的日子到了。宙斯在鸟群中一眼就看到了花花绿绿的乌鸦。乌鸦极其漂亮，宙斯决定立他为王。众鸟十分生气，纷纷前来拿走了自己的羽毛。乌鸦恢复了丑陋面貌。

这个故事告诉我们，拿别人的光辉来掩盖自己的丑陋，终将原形毕露。

山震

一天,一座大山地震了,声音巨大,很多人站在山下观看。

有人说:"估计是山崩,这么大的声响肯定是山崩。"

也有人说:"估计是山神出现了,他肯定会走出来的,大家等着膜拜他吧。"

在众说纷纭之后,从山里仅仅跑出来一只老鼠。

这个故事告诉我们,不切实际的胡乱猜测,只会惹人笑话。

老猎狗

一只老猎狗年轻的时候非常凶猛，捕猎从来没有失手过。

年老后在一次捕猎时，他咬住了野猪的耳朵，因为牙齿老化，让野猪跑掉了。

主人很生气，痛骂了猎狗。猎狗说："我与年轻时候一样用心，但无法抵挡身体的衰老。"

这个故事告诉我们，生老病死是不可抗拒的自然规律，人应该顺应它。

蚂蚁和屎壳郎

夏天的时候,动物们都在享受生活,蚂蚁却在储藏过冬的粮食。

屎壳郎看着蚂蚁忙碌的样子,嘲笑他不懂得享受。

冬天来了,大雨冲掉了屎壳郎赖以生存的牛粪,屎壳郎向蚂蚁乞讨。

蚂蚁对他说:"我当初劳动时,你要是也去做工,现在也不至于饥寒交迫了。"

这个故事告诉我们,生活不是一帆风顺的,未雨绸缪才能免于灾难。

公鸡和宝玉

一只公鸡在寻找食物时,捡到了一块宝玉。宝玉对公鸡说:"你捡到我很欣喜吧?每次人们捡到我都会很高兴,因为我是价值连城的。"

公鸡失望地说:"若我的主人找到你,会将你保存起来,但你对我没有丝毫的用处,我要的是一颗能充饥的麦粒。"

这个故事告诉我们,自己最需要的东西才是最宝贵的。

小鹿和他的父亲

一天,小鹿跟父亲聊天,小鹿很好奇父亲为什么害怕猎犬,于是他问:"您这么的高大,长着角,而且奔跑迅速,为什么要害怕狗呢?"

父亲说:"孩子,你说得都对,可是我听到狗叫,就不由自主地要逃跑,我就是胆小。"

这个故事说明,激励那些天生胆小、软弱的人毫无用处。

山鹰和狐狸

山鹰和狐狸是好朋友,他们彼此信任,住在一起。

山鹰在树枝上筑巢,繁衍后代,狐狸在树下的灌木丛里生儿育女。

一次,山鹰趁狐狸外出觅食时,将小狐狸吃掉了。

狐狸回来后很生气,但他无法爬树,拿山鹰没办法,只好诅咒山鹰。

不久,山鹰受到了惩罚。他从祭奠的人群中抢走了一块带着火星的羊肉。大风吹来,鹰巢失火了,羽翼未满的小鹰们,掉在了地上。狐狸当着老鹰的面,将小鹰全部吃掉了。

这个故事告诉我们,那些做坏事的人,迟早会受到惩罚,而背信弃义出卖朋友的人,也将遭到他人的报复。

农夫和蛇

一个寒冷的冬天,农夫赶路时看到路边有一条冻僵了的毒蛇,他心肠一软,便将蛇放进了口袋里。

蛇醒来之后,恢复了残暴的本性,咬了农夫一口。农夫中毒了,临死的时候,他悔恨极了,说:"我怜悯恶人,自作自受啊。"

这个故事告诉我们,对恶人应时刻警醒,因为他们改不了邪恶的本性。

吹箫的渔夫

一次，渔夫到海边捕鱼，他吹起了箫，希望鱼儿听到后会跳到他面前。结果没有一条鱼来，农夫只好拿出渔网来捕鱼。这次，他捕到了很多鱼。

农夫望着那些蹦跳着的鱼说："好心好意请你们来，你们却不来；我用暴力的手段，你们才出现。真是不知好歹啊。"

这个故事说明话语权是掌握在胜利者手里的，讽刺了那些占了便宜还卖乖的人。

人和森林之神

　　传说有个人与森林之神结交。

　　冬天天气寒冷,那个人将手放在嘴边哈着热气。森林之神问他为什么要这样,他回答:"哈热气可以暖和。"

　　吃饭的时候,饭菜很烫,那个人又使劲地吹气。森林之神又问他为什么要这样做,那个人又说:"吹凉气可以使饭菜变凉。"

　　森林之神说:"喂,我们不是朋友了,你一会儿吹热气,一会儿又吹冷气。"

　　这个故事告诉我们,同一个举动会引发不同的效果,对不理解我们的人,是没有道理可讲的。

苍蝇和蜜

在一个仓库里,工人在搬运货物的时候,不小心将一瓶蜂蜜打破了,蜂蜜流了出来,苍蝇们扑在上面尽情地享用。

蜂蜜是苍蝇最喜爱的食物,苍蝇们从来没有享受过如此丰盛的美味。但当他们吃饱后准备离开时,却发现翅膀全被黏住了,他们懊悔不已。

本来是世上的美味,却成了杀死他们的致命武器。

这个故事告诉我们,贪婪是灾祸的源头。面对诱惑,一定要冷静,谨防诱惑背后的危险。

叼着肉的狗

　　一只狗叼着一块肉过河,他看见水中的倒影,以为是另外一只狗叼着肉。
　　这只狗想霸占那块肉,因为水中的那块肉看起来更大。他一头扎进河里抢夺,结果不但没有抢到水里的那块肉,还丢掉了自己那块真实的肉。
　　这个故事讽刺了那些贪得无厌的人。

公牛和车轴

　　公牛拉着货车艰难地前进。车轴发出吱吱的响声,嚷着很累。公牛听了很生气,回过头说:"朋友,我承受了全部重量,而你不费一点力气,干吗抱怨?"
　　这个故事告诉我们,叫声很大的人往往干的活很少,而真正努力的人总是默默无闻。

狼和小羊

小羊在河边喝水,狼看见了,想吃掉小羊。

他恶狠狠地指责小羊说:"你搅浑了我要喝的河水,安得什么心?"

小羊说:"你在上游,我在下游,怎么可能搅浑了你的水?"

狼又说:"我父亲去年被你骂过。"

小羊说:"这就更荒谬了,去年我还没有出生呢。"

狼愤怒了,说:"不管你说什么,我都不会放过你的。"然后跳过去将小羊吃掉了。

这个故事告诉我们,跟恶人是没有道理可讲的,应当勇于同他斗争。

田鼠和家鼠

田鼠和家鼠是亲戚，一次，家鼠去乡下田鼠那里赴宴。

田鼠拿出大麦、谷物招待家鼠，家鼠说："你的生活连蚂蚁都不如，我那里有很多好东西，跟我一起去享受吧。"

田鼠跟随家鼠来到了城里，他们躲在仓库里，家鼠领着田鼠吃豆子、大枣、奶酪和蜂蜜。

田鼠很惊讶，家鼠的生活如此美好，他哀叹自己的命运。正当他们享用这些食物的时候，仓库的门开了，家鼠带着田鼠躲了起来，等人离开之后，他们又出来偷吃食物。

一会儿，又有人进入仓库，他们再次躲了起来，田鼠对家鼠说："尽管你的食物很美好，但是不得不整天担惊受怕，我宁可回去平平安安地啃我的大麦和谷子。"

这个故事是说，充满恐惧的优越生活不如安安稳稳的普通生活。

狗、公鸡和狐狸

狗与公鸡是朋友,他们一起赶路。晚上,公鸡在枝头上休息,狗在树洞里睡觉。

第二天,公鸡在枝头打鸣。一只狐狸想吃了他,于是赞美道:"多么美丽的嗓音啊,我真想拥抱你,快下来吧。"

公鸡识破了狐狸的奸计,他说:"行啊,你先叫醒树洞里面的那位。"狐狸照着做了,狗冲出来将狐狸咬死了。

这个故事告诉我们,聪明的人会临危不乱,用智慧击垮敌人。

狮子和报恩的老鼠

狮子正在睡觉,一只老鼠跳到了他的身上,狮子一把将他捉住,准备吃掉。老鼠请求说:"如果你放了我,我会报答你的。"狮子说:"我怎么会需要你的报答?"但他还是放了老鼠。

不久,狮子被猎人捆在一棵树上,狮子哀嚎着。老鼠听到后就咬断了绳子,救了狮子。

他对狮子说:"虽然我只是一只老鼠,但也知道报恩。"

这个故事告诉我们,命运是错综复杂的,有时候,强者也需要弱者帮助。

牛和蛙

牛去河边喝水，踩死了一只小青蛙。青蛙妈妈回来，见少了一个孩子，便问别的青蛙。

一只青蛙回答说："他被四脚兽踩死了。"

青蛙妈妈听了后，便使劲鼓起肚子，问她的孩子："那只野兽有这么大吗？"

小青蛙说："您别再往肚子里面鼓气了，再鼓气也没有他大。"

这个故事是说，渺小是没办法跟伟大相比的。

众树和荆棘

石榴树、苹果树、橄榄树在争论谁的果实最好,被一旁的荆棘听到了。

荆棘说:"大家不要再吵了。"

众树不屑地看了一眼荆棘说:"我们因果实争吵,你这个不结果实的凑什么热闹。"

这个故事讽刺那些人,他们微不足道,却又想参与强者的活动以证明自己的存在。

乌龟和鹰

乌龟羡慕老鹰在天上飞行,他请求老鹰教他飞行。老鹰告诉他是不可能的,乌龟再三请求说:"我也长有双手,只要你将我带到空中,我就会展开双手飞翔了。"

老鹰听了乌龟的话,抓着他来到了空中。乌龟一到高空中,感觉自己真的要飞翔了,他对老鹰说:"快,松开爪子,我要飞翔。"老鹰松开了爪子。乌龟奋力地挥舞着手臂,但他还是迅速朝地面上跌去,最后被摔得粉碎。

这个故事是说,好高骛远、不切实际的人,必将失败。

骡子

　　一匹骡子很强壮，因为他是吃大麦长大的。他很自豪地对别人说："我的父亲一定是一匹能奔善跑的马。"

　　有一天他去拉车，劳动了一天，他累坏了。这时候他才想起父亲其实是驴子。

　　这个故事告诉我们，生活虽然跌宕起伏，但也要充分认识自我，无论何时都不能忘了自己的本质。

小孩与画

有一位画家，非常胆小。有一天，他梦见自己的孩子被狮子吃掉了，醒来之后，非常害怕梦变成现实，就将自己的孩子保护了起来。

画家为他的孩子建造了一个楼阁，让孩子待在里面。为了给孩子解闷，画家就给他画了很多画，其中有一幅画的就是狮子。

孩子整天待在里面，非常无聊，就来到了那幅狮子画面前，痛恨地说："都是你这头禽兽，让我现在不得不待在屋子里。"说着就奋力打了画一拳，不料一根刺划破了他手指，引发了炎症。不久孩子便死去了。

这个故事告诉我们，困难要勇敢地面对，而不是一味地回避。

人和蝈蝈

　　有一个穷人抓住了一只蝈蝈，就本能地想将蝈蝈捏死，这时候蝈蝈说话了："你为什么要捏死我呢？要我死起码要说出个理由啊。"

　　这个人想了想，没说出什么理由。

　　蝈蝈又说了："我没有危害庄稼，也没有破坏森林，而且我还发出悦耳的声音，能取悦人们。或许我只是吵了一点，但是除了这个外，我还有什么毛病呢？"

　　穷人觉得蝈蝈说得极有道理，就放了他。

　　这个故事告诉我们，正确的道理是可以说服他人的，要善于以理服人。

跳蚤与运动员

有一个运动员正在奔跑,突然,一只跳蚤跳到了他的身上,不停地叮咬他。运动员忍受不了,就拼命地捉跳蚤。可是跳蚤来回跳,运动员怎么也捉不到它。

运动员最后无奈地说:"万能的神啊,我也不祈求你帮助我赶跑那只昆虫了,只要你能保佑我战胜对手,这点痛苦我就忍了。"

这个故事告诉我们,成大事要不畏小难。

骡子和强盗

有两头骡子驮着货物走在路上,其中一头驮着财宝,另外一头驮着谷物。

驮着财宝的这头骡子非常得意,一边走一边晃着自己脖子上的铜铃,发出叮当的响声,向人们炫耀价值连城的货物。而驮着谷物的那头骡子却一声不吭,默默地走着自己的路。

他们来到偏远的地方,有一群强盗正潜伏在路边。当骡子经过时,他们挥舞着刀冲上来抢劫。他们夺走了骡子的财宝,并刺了那骡子一刀。而驮着谷物的骡子却很安全,因为强盗根本就没去注意他。

这个故事是说,财富不值得夸耀,倒是要小心它会带来灾难。

乌鸦和羊

一只乌鸦飞到一只羊的背上。羊吃草的时候,乌鸦还会在他的背上跳来跳去。

羊赶他走,乌鸦就是不走。羊生气了,吓唬乌鸦说:"你要是再不走的话,一会儿猎狗看到你,就会用锋利的牙齿将你撕碎。"

乌鸦哈哈地笑着说:"你知道我为什么能够长寿吗?就是因为我很圆滑,知道什么样的人可以得罪,什么样的人不能够得罪。猎狗我是得罪不起的,因此我不会在他面前这样嚣张。"

这个故事讽刺了那些欺软怕硬、唯利是图的小人。

燕子与乌鸦

燕子与乌鸦一同站在树上,燕子看到乌鸦很卑微,就想在他的面前吹牛。于是燕子就对乌鸦说:"我本是一个漂亮的姑娘,是国王的女儿,所有的小伙子都喜欢我。"

乌鸦没有反应,燕子以为他是相信了,于是更加离谱地说:"后来,一名女巫嫉妒我的美貌,就将我变成了一只燕子,而且割掉了我的舌头。"

乌鸦没好气地说:"既然你已经没有舌头了,那你怎么还能在这里滔滔不绝呢?"

燕子顿时哑口无言。

这个故事告诉我们,喜欢说大话的人,往往在自己的谎话中原形毕露,遭人厌恶。

乌鸦和赫尔墨斯

　　一次,乌鸦被一个捕鸟网困住了,怎么也挣脱不了,只好祈求神灵阿波罗,说:"若你能够帮助我脱险,我将给你奉上宝贵的物品。"于是阿波罗就将乌鸦解救了,但是乌鸦并没有兑现自己的承诺。

　　不久以后,乌鸦再次被捕鸟网困住了,这次他不敢向阿波罗求救,就对赫尔墨斯说:"要是你能够帮助我脱险,我将奉上极为贵重的宝贝。"

　　赫尔墨斯生气地说:"你骗谁呢?你的背信弃义,人们都知道,现在还有谁会再相信你呢?"

　　这个故事告诉我们,当那些忘恩负义的人再遭遇灾难时,不会再有人来帮助他。

黄蜂和蛇

　　黄蜂飞到了蛇的头上，叮了他一个大包。蛇痛苦不堪，不论怎么翻滚，都赶不走黄蜂。

　　蛇无计可施，艰难地忍受着痛苦。这时候，农夫驾着马车经过，蛇看到马车的车轮，就想到了一个办法，对黄蜂说："既然我拿你无计可施，那么现在就让我们同归于尽吧。"

　　蛇一横心，就将脑袋伸进了车轮下面。

　　这个故事是说，士可杀不可辱，与其受到敌人的侮辱，不如与之同归于尽。

寒鸦和乌鸦

乌鸦和寒鸦是类似的一种鸟,只是乌鸦的体格要稍大一些。

有一只寒鸦长得比同类大一点,他就有点瞧不起同类,觉得不应该和自己的伙伴待在一起。于是他就来到了乌鸦的群体,想和他们生活在一起。

但是乌鸦们很快就从这只寒鸦的叫声中分辨出来他不是一只乌鸦,都不愿意与寒鸦生活在一起,于是就赶走了他。

寒鸦无可奈何地回到了自己的群体中,但是所有寒鸦都很生气,不愿意收留他。最后寒鸦只能流落在外面。

这个故事是说,那些瞧不起自己亲人的人,不但不会受到外人的欢迎,还会被自己的同胞不齿。

蛇的尾巴和脑袋

一天,蛇的尾巴同蛇的脑袋争吵了起来。原来,蛇的尾巴不满意自己总是跟在蛇的脑袋后面,就要求自己来领头。

但是蛇的脑袋说:"你没有眼睛,怎么来走路呢?"

蛇的尾巴说:"我不管,我就是要走前面。"

蛇的脑袋拗不过蛇的尾巴,同意他来领路。结果蛇的尾巴领着蛇掉进了一个石洞里。蛇被摔得遍体鳞伤,蛇的尾巴这才后悔地说:"唉,都怪我,看来还是要脑袋领路才行啊。"

这个故事告诉我们,不要因为好胜心强而自不量力地去做一些自己根本做不到的事情。

百灵鸟和父亲

很早很早的时候,没有地球,也没有土地。百灵鸟同自己的父亲生活在天上。有一天,父亲死了,百灵鸟很痛心,很想找一个地方来安葬自己的父亲。但是没有土地,去哪儿安葬呢?

百灵鸟一直找不到一个地方来存放父亲的尸体,只好将他放在了自己的头上。

最后宙斯出现了,为百灵鸟的孝心所感动,就将他头上的坟墓变成了美丽的冠毛。

这个故事告诉我们,每个人都要懂得孝敬老人。

鹦鹉与猫

　　主人把一只鹦鹉带回了家,放在阳台上。鹦鹉晒着太阳,唱着歌。这时,主人的猫回家了,看见了鹦鹉,就走向前去问:"你是谁,怎么会在我的家里大吵大闹?"

　　鹦鹉说:"我是主人刚买的鹦鹉。"

　　猫说:"你肯定不知道这里的规矩,主人讨厌有人在家里大吵大闹,只要我在家里叫了,主人就会生气地赶我出门。"

　　鹦鹉说:"我说猫啊,你难道不明白吗?主人赶你是因为你的声音难听,而主人买我回来,是因为我的声音动听。"

　　这个故事讽刺了那些不分析原因就对别人妄加评论的人。

燕子和鸟

从前,有一种树,能分泌胶,这种胶可以黏住鸟儿。燕子发现了,就对别的鸟儿说:"咱们要合力把这棵树弄倒,否则我们将深受其害。"

可是别的鸟儿都不听他的话,觉得他是在瞎操心,没什么大不了的。燕子看到其他鸟儿都不相信他,只好飞到人类那里,请求人类的帮助。人类觉得燕子很聪明,就邀请燕子住在屋檐下,从此燕子就和人类生活在了一起。

而别的鸟儿,常常会被黏在那棵树上。

这个故事告诉我们,未雨绸缪的人才能获得平安。

天鹅和家鹅

有一个富人家里养了一只天鹅和一只家鹅,富人养家鹅是为了吃家鹅的肉,而养天鹅却是因为喜欢天鹅的声音。

这天,富人家里来了客人,富人很高兴,就想杀了家鹅来下酒。可是天太晚了,富人分辨不出笼子里哪只是家鹅,哪只是天鹅,只好随便抓了一只。

天鹅知道主人要杀它,很伤心,就在主人拿刀的时候,悲伤地唱起了歌。主人听到了声音,知道是天鹅,就把天鹅给放了。

天鹅因为自己的声音而挽回了性命。

这个故事启发人们,音乐常常使生命延续。

猴子和骆驼

在一次动物的舞会上,猴子为大家表演了精彩的舞蹈,所有的动物都觉得猴子跳得棒极了,于是纷纷鼓掌,猴子赢得了大家的崇拜。

这时候,在一旁的骆驼看见了,也想像猴子那样,被其他动物夸奖。于是他就在猴子跳完舞之后,来到了场地中央,开始了自己的舞蹈。但是他身躯庞大而笨拙,跳起舞来实在很难看,动物们都不堪忍受,拿起木棍将他赶跑了。

这个故事告诉我们,不顾自身条件而盲目模仿别人,只会成为笑柄,招人厌恶。

母猴和小猴

一个母猴子生了一对双胞胎兄弟,但是母猴却只钟爱其中一只,因为那只小猴跟她的颜色最像,而对另一只小猴却十分冷淡。

在养育小猴的过程中,母猴总是将好吃的食物给自己喜欢的那只小猴吃,而另一只小猴却经常饿肚子。在那只小猴稍大一点的时候,就独自出去找食物,解决自己的饥饿问题。

很快,小猴子到了可以独立生活的时候了,但是那只受妈妈宠爱的小猴还什么本领都不会,母猴就将他一直带在身边。而另一只小猴已经练就一身本领,很快建立了自己的新家。

后来母猴老死了,那只被宠爱的小猴只好四处流浪。

这个故事告诉我们,太溺爱孩子,会不利于他们的成长。

牧羊人和狗

一次牧羊人放牧回来后,要将所有的羊关在羊圈里。一条狼悄悄潜伏在羊群里,牧羊人并没有注意到。

这时候,牧羊人的狗发现了狼,连忙制止主人的行为,对他的主人说:"亲爱的主人,你还想要这群羊吗?如果你想要的话,为什么要将狼和羊关在一起呢?"

牧羊人才知道,原来羊群里面混进了狼,连忙将狼给赶跑了。

这个故事告诉我们,与恶人生活在一起,带来的肯定是灾难。

狼和羊

狼吃得很饱,但是在这个时候,偏偏有一头羊出现在他的眼前。羊一看是狼,就吓得瘫倒在了地上。通常狼会毫不犹豫地吃掉羊,但是这次他实在吃不动了,就想放了他,但是又觉得这样太便宜羊了。

狼就对羊说:"你要是能说三句真话,我就不杀你。"

羊说:"第一,我不希望遇到一只狼。"

狼点头,羊继续说:"若是真的遇到了一只狼,我也希望是一只没有眼睛的瞎狼。"狼觉得羊说得挺对。

羊最后说:"我真希望所有的饿狼都死光啊。"

狼觉得这也是羊的真实想法,就放了羊。

这个故事是说,真话往往最具有力量,在敌人面前也要敢于讲真话。

捕鸟人和斑鸠

　　捕鸟人的朋友来看望他,捕鸟人很高兴,想拿出丰富的食物来招待他。但是,捕鸟人发现没有好食物,就想将斑鸠杀掉。

　　当捕鸟人来到斑鸠跟前要杀他时,斑鸠说:"我曾经帮过你很大的忙。那次你要捕鸟,我把同类都骗了过来。现在你却要杀我?"

　　捕鸟人说:"你连同类也不放过,我更加不能留着你了,谁知道你会不会有一天也出卖我呢?"

　　就这样,斑鸠成了捕鸟人的桌上菜。

　　这个故事告诉我们,背叛亲人的人,不但他的亲人会痛恨他,连他的新主子也会厌恶他。

牧羊人和羊

牧羊人替农场主放羊。一天,牧羊人赶着羊群回来,但是有一只羊落在后面吃草。牧羊人捡起一块石头扔了过去,砸在了羊头上,砸掉了羊的一只角。

牧羊人请求羊不要将这件事告诉农场主,羊说:"我的角断了,大家都能看见,怎么能隐瞒的了呢?"

这个故事告诉我们,罪证是不可能得到掩盖的。

狼与逃进庙里的小羊

羊在路上遇到狼,就逃进了庙里。

此时庙里面有人上香,狼不敢追进去,于是躲在外面。狼向羊喊道:"你不出来的话,人们会将你抓住杀掉,献给神灵。"

羊想了想说:"我宁愿被杀死献给神,也不愿让你吃掉。"

这个故事告诉我们,对于要死的人,他们反而无所顾虑,会选择有价值的死法。

庸医

从前有个医生的医术很差,他给一个病人看病,其他医生都说是小病,但是那个医生却说病很严重,无药可救了。

过了一段时间,病人的病好了,出去散步的时候,碰见了那个医生。医生认为他是从地狱逃回来的,就问他:"下面的人怎么样?"

病人很生气,认为医生医术如此差,却还来误导病人,就对医生说:"下面的人很好,但是死神很生气,因为我本来要死的人都让你救活了,就问我你的名字,说要惩罚你。"

医生听了,顿时吓得冷汗直流,问:"然后呢?"

病人说:"我苦苦哀求死神,说你不是医生,不过是个骗子罢了。他最后就放过你了。"

医生嘘了一口气,从此再也敢不给人治病了。

这个故事揭露那些没有真才实学,却吹牛行骗的人。

鹞子

鹞子的声音本来是很好听的,但是他天性不安分,喜欢模仿别的动物的叫声。

有一次,鹞子在树上,一匹马路过,叫了两声,鹞子听到了,就努力去学马的叫声。但是他非但没有学会马叫,还把自己的叫声给忘了。从此以后,鹞子就只能发出一种类似马叫声的难听声音了。

这个故事是说,有些人总是好高骛远,自己的本领尚未熟练,就想去模仿别人,到头来一无是处。

龟兔赛跑

乌龟和兔子比赛看谁跑得快。哨声响起后,兔子一溜烟儿就跑得不见了,他回头看乌龟没跟上来,便在途中睡觉。

乌龟不停地跑,当他路过兔子的时候,兔子还在呼呼大睡,于是乌龟超过了他。兔子一觉醒来发现乌龟离终点线已经很近了,便撒腿追去。但是乌龟还是先跨过了终点线,赢了比赛。

这个故事告诉我们,只要自强不息,弱者也能赶超强者,赢得胜利。

神灵

有一个人家里面很富有,他经常祭拜神灵。每次他祭拜的时候,都会买很多贵重的物品来当祭品,因此花了不少钱财。

一天,神灵终于忍不住了,对他说:"不要再花这么多钱祭拜我了。"

那个人说:"我仅想表达对你的崇拜之情。"

神灵说:"当有一天,你为此而成为穷人的时候,就会痛恨我了。"

果然,当他成了穷人的时候,他开始痛恨神灵了,认为是神灵夺走了他的财富。

这个故事告诉我们,一些无知的人总是将自己的错算在别人的头上。

宙斯和猴子

宙斯通知森林中的所有猴子，让他们带着孩子来森林的中央参加评选，最漂亮的孩子将获得奖品。

森林中所有猴子都带着自己的孩子来了，他们都把自己的孩子打扮得很漂亮。有一只母猴子，她的孩子没有鼻子，非常丑陋，大家看了，都哈哈大笑。孩子的母亲坚定地说："我知道我的孩子长得很丑陋，但是在我的眼里，我的孩子是最漂亮、最可爱、最活泼的。"

听了她的话，所有的猴妈妈都肃然起敬。

这个故事告诉我们，不管孩子是漂亮还是丑陋，优秀还是平庸，在母亲的眼里，他们永远都是最好的。

哲学家、蚂蚁和赫尔墨斯

　　一个哲学家在海边看到一艘船遇难,船上的人全部淹死了。哲学家很气愤,他觉得上帝非常不公平,偶尔有个罪恶的人乘这艘船,全船的人都跟着遭殃。

　　正当他为此事深感不平时,一只蚂蚁爬到了哲学家的身上,咬了他一口。原来哲学家思考得太认真没有意识到自己站在一个蚂蚁窝上。哲学家很气愤,就将这窝蚂蚁全部踩死了。

　　这时候,赫尔墨斯从云端里走出来,拿棍子敲打着哲学家说:"你如此残忍地对待这些蚂蚁,有什么资格来谴责上帝?"

　　这个故事告诉我们,人不能太苛求别人,因为自己也可能会犯同样的错误。

赫尔墨斯神像与木匠

　　一个很虔诚的木匠供奉着一座赫尔墨斯神像,他天天向神像祈祷,希望能够拥有财富,但他的日子还是一天比一天贫穷。

　　有一天,木匠实在忍受不住了,一怒之下,就将神像砸碎了,这时候,在碎了的神像内,出现了一串金币。

　　木匠一看,吃了一惊,他连忙捡起神像说:"我供奉你、尊敬你,你不给我财富,可我对你不好的时候,你却让我发了横财。"

　　这个故事是说,有些人敬酒不吃吃罚酒,对待这样的人,我们只能采取强制措施。

孔雀和赫拉

孔雀很忧郁,赫拉问他怎么了,孔雀哭丧着脸说:"夜莺的歌声很美,凡是听到的人都赞不绝口,但是我一开口,大家却只会嘲笑我。"

赫拉安慰她说:"可是你的外表是最美丽的呀,你的脖子是绿宝石的光辉,羽毛华丽富贵,光彩照人。"

孔雀说:"我在唱歌上远远不及他人,美丽外表又有什么意义呢?"

赫拉说:"每个人存在都有他的意义,只是各不相同,你有美丽的羽毛,而夜莺有优美的声音,雄鹰拥有力量,乌鸦拥有死亡的气息。"

这个故事告诉我们,人们要接受自己的缺点,也要看到自己的优点,没有十全十美的东西。

神树

古时候,众神们都有自己保护的树。例如,宙斯选择的是橡树,阿佛洛狄忒选择的是石榴树,阿波罗选择的是丹桂树,库伯勒选择的是松树,赫拉克勒斯选择的是白杨树。

雅典娜不明白他们为什么都选择不结果子的树,就去询问宙斯。宙斯是慈爱的,他说:"我的女儿啊,或许是大家不愿意沾那些果子的光,就没有选择结果子的树了。"

雅典娜说:"如果别人要说,就让他说。橄榄树的果子才是最尊贵的。"

宙斯笑着说:"你才是真正聪明的,因为你不在乎虚荣。"

这个故事告诉我们,不要在乎虚荣,也不要在乎别人说闲话。

仇人

有两个仇人,他们坐同一条船出海,其中一个站在船头,另一个站在船尾。

不凑巧的是,船在行驶过程中,遇到风暴。所有人都很惊慌,这两个仇人却仍恶毒地盯着对方。这时候,船尾的那个人问船员:"你说这船是船头先沉,还是船尾先沉?"

船员说:"是船头,但那有什么不一样吗?最后都会掉进海里。"

这个人回答说:"那当然不一样,能看着自己的仇人死在自己的前头,我死而无憾了。"

这个故事告诉我们,有些人,报仇的信念超过了保护自己的生命。

宙斯和蛇

传说蛇是不会咬人的。有一天,蛇跑到了宙斯那里,对他说:"人们都践踏我们,我们痛不欲生。"

宙斯赐给蛇一副牙齿,说:"以后,人们要践踏你,你就咬他。"

一天,一个人踩了蛇一下,蛇便咬了他一口,那个人疼得晕了过去。

从此以后,人们再也不敢肆意践踏蛇了。

这个故事告诉我们,抵抗侵略者最好的办法,就是抵抗住第一个。只要抵抗住第一个,其他的也就不敢来侵犯了。

蛇和狐狸

蛇想吃树上的鸟蛋，就爬上了一棵荆棘。当蛇伸长脖子去够鸟蛋时，荆棘被蛇压断了，和蛇一起跌进了河里。蛇不会游泳，就紧紧攀附在荆棘上，随着河流向下游漂去。

狐狸在河边喝水，看到蛇随着荆棘漂了过来，就说："一定是蛇干了什么坏事，不然不会无缘无故爬上带刺的荆棘。这船主和船倒是挺相配的。"

狐狸的话讽刺了那些想做坏事的恶人。

蝮蛇、水蛇和青蛙

蝮蛇生活在陆地上,水蛇生活在河里,他们本来没有什么交集。一天,蝮蛇来到河边饮水。

水蛇看见了,认为蝮蛇侵犯了自己的领地,就同蝮蛇争吵起来。他们越吵越厉害,最后商定在一个日子决战,谁获胜了,谁就拥有陆地和河水。

青蛙生活在水里,但是平时被水蛇欺压,所以,他们听到这个消息,就跑到蝮蛇那里说要助他一臂之力。

战斗开始了,蝮蛇和水蛇扭打在了一起,但是青蛙只是在一旁呐喊。最后胜利的蝮蛇责怪青蛙不帮忙。青蛙说:"我们的呐喊声就是在帮忙啊!"

这个故事是说,在必须出手帮忙的时候不出手,用再好的言语也是毫无用处的。

鹞子和蛇

鹞子到处横行,不是偷吃麦农的庄稼,就是欺负新生的小鸟。一天,一条蛇在农田里捉田鼠,鹞子看见了,就飞过去抓起了蛇。

鹞子将蛇抓到了半空中,蛇请他放了自己,鹞子却不为所动。蛇咬了鹞子一下,他们一起从半空中跌下来,鹞子摔死了,蛇却没有事。蛇看着鹞子的尸体说:"你为什么要这样狠毒呢?我明明没有触犯你,你却非要来抓我。不是自讨苦吃吗?"

这个故事告诉我们,那些贪得无厌、四处作恶的人,等遇到了强者,就会得到应有的报应。

赫拉克勒斯和雅典娜

有一天,赫拉克勒斯走在一条狭窄的路上,看到路中间有一个很像苹果的东西,就奋力地踩了几脚。

但是让他没有想到的是,就在他踩了几下之后,那个东西突然增大了两倍,于是他就更加用力地去踩,甚至用棒子砸。那个东西越变越大,最后将道路完全堵住了,他不知道该怎么办。

这时候,雅典娜来了,说:"朋友,不要与它争斗,本来它仅仅像苹果般大小,你越是争斗,它涨得越厉害。"

这个故事告诉我们,生活中需要和平相处,尽量不要生事端,争斗和对抗往往会带来更大的危害。

宙斯的审判

　　宙斯命令赫尔墨斯将所有犯罪者的恶行都记载在贝壳上并放进箱子里，这样宙斯取出贝壳，看上面的记录，就能对罪人实施应有的惩罚。

　　这样做唯一的缺点是，所有人的罪行都放在了一起，宙斯取出贝壳的时候，有先有后，犯罪的人得到惩罚的时间也就有先有后了。

　　这个故事告诉我们，人们不必因为那些犯罪的人没有得到应有的惩罚而不痛快。他们一定会受到惩罚，只是时间有早有晚罢了。

宙斯和乌龟

宙斯结婚的当天,几乎所有的动物都来到了婚礼上,宙斯高兴地宴请了大家。到宴会结束,宙斯也没有看见乌龟。

第二天,宙斯就去找乌龟,问他为什么没有来参加婚礼,是不是生病了。乌龟回答说不是,因为太爱自己的家了,所以不舍得离开。

宙斯听了很生气,就下了一道命令,从此以后,所有的乌龟都要时时刻刻将自己的家驮在背上。

这也就是今天我们看到的乌龟背着壳的原因。

这个故事告诉我们,再华丽的宴会也比不上自己的家舒服。

宙斯和蛇

毒蛇是令人害怕的动物，但凡遇见他的动物，没有能活着逃脱的。

宙斯结婚时，所有的动物都带着礼物来祝贺，有骆驼、狮子、大象等。毒蛇也来了，他带来了一件礼物，含在嘴里。

宙斯皱着眉头说："别的动物送的礼物我可以接受，唯独你的不行，那可是蛇嘴里的东西啊！"

宙斯的担忧告诉我们，坏人的恩惠往往令人心生惧意。